RAÚL

SIMÓN

CRISTIANO

ESTEBAN

BERNARDO

SARA

ÍGOR

MIEL

MARÍA

RUSO

LUCAS

BU

AGENTE
FERNÁNDEZ

PEQUE

CARLA

BOB   JORGE

ISIDORO

SERAFÍN

CONEJITO
LUIS

SR. ALBINO

PACO

JOHN

NELO

DAVID

JAVIER NIETO

ISA

ROQUE   CLARA   TEO   ?

TÍTULO ORIGINAL: DAQUI NINGUÉM PASSA!

© TEXTO: ISABEL MINHÓS MARTINS

© ILUSTRACIÓN: BERNARDO P. CARVALHO

© 2014, PLANETA TANGERINA, PORTUGAL

TRADUCCIÓN DEL PORTUGUÉS: PATRIC DE SAN PEDRO

PRIMERA EDICIÓN EN CASTELLANO: FEBRERO DE 2017

© 2017 DE LA PRESENTE EDICIÓN, TAKATUKA SL, BARCELONA

WWW.TAKATUKA.CAT

IMPRESO EN NOVOPRINT

ISBN: 978-84-16003-77-8

DEPÓSITO LEGAL: B 25695-2016

TAKATUKA

¡DE AQUÍ NO PASA NADIE!

A PARTIR DE AHORA
LAS COSAS SON ASÍ:
ME TOCA A MÍ MANDAR
Y A LA GENTE, ASENTIR!

ISABEL MINHÓS MARTINS · BERNARDO P. CARVALHO

SNIF, SNIF...

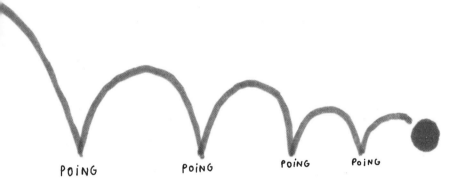

POING   POING   POING   POING

¡QUÉ MULTITUD MÁS INFANTIL!
¡Y EN QUÉ ESTADO ME HAN DEJADO LAS PÁGINAS! ES IMPRESIONANTE...

¿YO?

MARCOS CARLOS MOHA RAFAEL MAGDA SR. GUARDIA GRUNF LISA

FIFÍ ANNA K. ENRIQUE CÁROL MARCELINO SR. SANTIAGO ISABEL SEBAS

JUAN VÍCTOR RELINCHA-COHETE 5 4 3 2 1 MADRE

GENERAL ALCÁZAR MARIO EDUARDO CRIS SAMUEL PAT PAULA